KB272574

빈티지풍의 달

신미균
서울교육대학교를 졸업했다.
1996년 『현대시』를 통해 시인으로 등단했다.
시집 『맨홀과 토마토케첩』 『웃는 나무』 『웃기는 짬뽕』 『길다란 목을 가진 저녁』 『빈티지
풍의 달』을 썼다.

파란에서 펴낸 신미균의 시집
길다란 목을 가진 저녁(2020)
빈티지풍의 달(2026)

파란시선 0174 빈티지풍의 달

1판 1쇄 펴낸날 2026년 2월 15일
지은이 신미균
인쇄인 (주)두경 정지오
디자인 이다경
펴낸이 채상우
펴낸곳 (주)함께하는출판그룹파란
등록번호 제2015-000068호
등록일자 2015년 9월 15일
주소 (10387) 경기도 고양시 일산서구 중앙로 1455 대우시티프라자 B1 202-1호
전화 031-919-4288
팩스 031-919-4287
모바일팩스 0504-441-3439
이메일 bookparan2015@hanmail.net

©신미균, 2026, printed in Seoul, Korea

ISBN 979-11-94799-26-9 03810

값 12,000원

빈티지풍의 달

신미균 시집

시인의 말

벽에 반짝이는 웃음을 칠했다.

차례

시인의 말

제3부

해설

제1부

흰나비

투명 플라스틱 칸막이에
손바닥을 댄다

맞은편 아버지도
손바닥을 댄다

서로를 어쩌지 못해
머쓱하게 웃는다

잠시 그렇게 마주 보다
아버지가 환자복을 펄럭이며
조용히 날아간다

무늬만 남은 아버지의 손바닥이
내내 따뜻하다

몬스터

—

아파서 며칠째 누워 계시는
어머니를 뵈러 갔다

멀리서 사는 오빠도 와 있었다

모처럼 왔는데
아무것도 없으니
짜장면이라도 시켜 먹으라고 하셨다

엄마는 물 한 모금 못 드시고
끙끙 앓고 계시는데

나와 오빠는
엄마 옆에서
짜장면을 먹으면서

땅값 뛴 텃밭 이야기를 하다가
단무지 한 조각 남은 것을
서로 먹으려고 싸웠다

—

망치

친하게 지내고 있는
302호가 아침부터 전화를 했다
집값이 두 배로 올라서
신난다고

난, 사실
월세 사는데

두 배라는 소리가
가슴에
대못을 박는다

전화를 끊기도 전
피도 말라 버린
몸이
쪼개져 산산조각이 났다

울퉁불퉁 파노라마

　

학교에서 돌아와 보니
식구들은 보이지 않고

방 안 물건마다
빨간딱지가 붙어 있다

방의 벽에
웃음을 칠하자
빨간 웃음이
벽의 혈관을 타고
뻗어 나간다

나는 지금
벽에 기대서서
웃음을 수혈 중이다

딜레마

커튼을 열면
빛 때문에 눈이 아프고
커튼을 닫으면
어두워 글자가 안 보인다

그를 만나면
그의 말에 찔려
여기저기 아프고
그를 떠나면
너무 춥다

빈티지풍의 달

기운 없는 아버지

머리카락이 별로 없는
그가 내민 A4 용지 빈칸에
멈칫멈칫
붉은 도장을 찍는다

안 돼, 소리치며
어머니가 아버지를 잡으려다
같이 A4 용지로 풍덩 빠진다

그는 어머니와 아버지를 삼킨
A4 용지를 착착 접어
안주머니에 넣고 씩, 웃는다

죽어서도 잊을 수 없는
그 얼굴이
이제는 남의 것이 된
선산 위로
매일 밤 떠오른다

호모사피엔스사피엔스

아침에는
몸에 옷을 넣는다

밤에는
옷에서 몸을 꺼낸다

*호모사피엔스사피엔스라는 말은 '지혜롭고 지혜로운 사람'이라는 뜻이
다. 이런 뜻에서 호모사피엔스사피엔스를 '슬기슬기사람'이라는 순우리
말로 바꾸어 부르기도 한다.

레인코트 속 우산

기다려도 기다려도 네가 오지 않으면
나는 너를 뒤집어 입는다

너에게서 귀뚜라미 소리가 난다

귀뚜라미 소리는
머리 따로 가슴 따로
토막토막 끊어진 나를
박음질한다

귀뚜라미 소리 사이사이에
적막이 잠깐잠깐
달라붙는다

딱히, 줄 데 없는 마음을
구겨 넣은 주머니 속으로

오래오래 비가 내린다

말랑말랑한 멜랑콜리

벚나무 아래
아흔하나 어머니
앉아 계시네

바람 불면
벚꽃잎이
튀밥처럼 쏟아지네

이제는 가야 된다고
인사드리면
밥 먹고 가라고
벚꽃을 잔뜩
주머니에 넣어 주시네

늦기 전에
어서 가라고
가라는 시늉을 하면서도
한 손으로는 내 옷을 꽉 잡고
놓지 않으시네

휘리릭 뚝딱, 변신

사자 앞에 새끼 사슴 한 마리
바들바들 떨고 있다

사자는 사슴의 목덜미를 물어
공중으로 한 번 던져 올린다

사슴의 몸이 가볍게 날아
풀 위에 떨어지면서
공포가 극에 달한 듯
입에서 거품이 나온다

사자가 천천히 다가가
목덜미를 지그시 문다
목을 물린 사슴의 눈동자가
힘없이 풀어진다

새끼 사슴을 맛있게 먹고
한숨 자고 일어난 사자의
뼈 심장 다리 발 털 등등
온몸 구석구석으로

소화된 사슴의 몸이 퍼져 나가
자리를 잡는다

사자가 된 사슴이
공중에 대고 크게 한 번
으르렁, 소리 지른다

어미 사슴이
멀리서 그 소리를 듣는다
왠지, 낯설지 않다

어쩌다, 그믐

알지도 못하면
가만히 있으라고 말한다
아들이

가만히 있다 보니
어둠이 내려왔다

어둠도 입을 닫고
가만히 있었다

가만히 있던 나와
벽 사이에 풀이 돋아났다

바람도 지루한지
달가닥달가닥
창을 흔든다

달도 모르는 게 너무 많아 미안한지
오늘 밤은 어디 숨어
보이지도 않는다

습관

정신이 온전치 못한
어머니가
오랜만에
잠깐 눈을 뜨셨다

식구들이 다 모여 있는 것을
보시고
희미하게 웃으신다

환한 대낮이었다

갑자기 손을 들어
허공을 더듬으시며
들릴 듯 말 듯
숨소리로 말씀하신다

어여, 불 꺼
전기세 많이 나와

구름

　
울음을 발효시켜
뽀글뽀글 뱉어 냅니다
몰캉몰캉한 양 떼들이 생겨나
복닥거립니다
애인이 떠나 버린 건
금방 잊어버렸습니다
잠깐 졸다 깼는데
양 떼들이 자갈돌들이 되어 있네요
자갈돌들은 또다시
도넛이 되었다가
돌고래가 되었다가

혼자서 뽀글뽀글
실컷 뱉고 나니
배가 고픕니다
내 울음은 모서리도 없고
뒤끝도 없습니다

구름처럼요
　

가죽 샌들

담벼락에 말리려고 기대 놓은
가죽 샌들

내 발 가죽을 보호하기 위해
남의 등가죽을 빌렸던 거다

땀에 젖은 네가 토하는
비릿한 숨소리가

낡아 갈라진 틈 사이사이
박혀 있다

미안하다
너한테 묵념 한번 못 해 줘서

눈꽃 송이

슬로우 퀵, 슬로우 슬로우
퀵 퀵 슬로우
난 지금 영문도 모르고
땅으로 떨어지고 있어

잘릴 모가지도 없고
팔다리도 없고
몸통 하나뿐이라
무서울 건 없어

떨어질 땐 떨어지더라도
상체를 높이 끌어올리고
기품 있게
슬로우 슬로우

구름 속에 살던 기억은
얼른 잊어버리고
음악 소리는 없지만 있는 척
가볍게 가볍게

사실 난 아무것도 아닌
맹물인데

까짓것
떨어지다 말고 죽으면 어때
죽을 땐 죽더라도
끝까지 우아하게
슬로우 슬로우

해피엔드 1

후미진 풀밭 위에
나무 빨래판 하나
누워 있습니다

우툴두툴한 돌기가 다 사라져
밋밋해졌습니다
귀퉁이도 온전한 데 없이
군데군데 떨어져 나갔습니다

그래도 지금은
폭신폭신한 풀이
편안하게 받쳐 주고 있습니다

나비 한 마리
빨래판 끝에 앉아
살살 춤을 춥니다

햇볕은 따뜻하고
구름 한 점 없이
하늘은 파랗습니다

해피엔드 2

초대형 아귀의 배를 가르자
소화되지 않은
꽃게 새우 병어 도다리가
쏟아져 나온다

너무 많이 먹은 것 때문에
몸이 무거워
그물을 피하지 못했을 수도 있다

그렇다고 먹을 수 있는 먹이를
먹지 않을 이유도 없었을 것이다

실컷 먹고 죽었으니
원도 한도
없겠다

길로틴

복닥대는 출근 시간
전동차 문이 닫히기 전
뛰어오던 남자가 다리 하나를
안으로 급히 넣으면서
빽빽한 사람들 틈바구니에
어찌어찌 서류 가방을 쑤셔 넣고
또 다른 다리를
전동차 안으로 옮기려다
사람들 어깨에 밀려 몸이 바깥으로
빠져나가려는 순간

스르르 닫히던 전동차의 문이
그 남자의 목에 닿았다
아주 잠시지만

몸은 안쪽에
목은 바깥쪽에

순간, 문이 다시 열리고
목을 찾은 몸이

바깥으로
튕겨 나가자마자
열차는 출발하고

앗, 중요한 서류 가방을 놓친
그의 목이
덜컥,
바닥으로 떨어진다

반지하

계단 위를 한 칸 올라갑니다
머리는 아직도 지상으로 못 올라갔습니다
두 칸 세 칸 올라갑니다
목까지 간신히 지상으로 올라갔습니다
여러 칸을 한꺼번에
뛰어올라 갑니다

겨우 땅바닥 위로 올라섰습니다

계단 수백 개가
머릿속에 생겨납니다
뒤도 돌아보지 않고
계속 올라갑니다
계단 아래로
파도가 철썩이고
물고기들이 날아다닙니다

나는 계단을 지나쳐
계속 올라갑니다
내가 계단을 올라가는 것이 아니라

계단이 나를 올라갑니다
계단 밖에서 계단을 기웃거리는 내가 보이고
계단이 빙빙 돌아 나를
묶어 버리는 것이 보입니다
까짓것 몇 개만 올라가면 되는데

밤새도록 보이지 않는 계단과
씨름하고 있습니다

충치가 보이는 액세서리

출근하기 전
웃음을 못에 걸어 두고
당겨 봅니다
길게 죽죽 늘어나는 웃음에
침을 퉤, 뱉어
다른 곳에는 붙지 않게 합니다

웃음을 뒤집어 속살을 봅니다
기름기도 없고 잔털도 없고
매끈합니다
그런데 왜 자꾸 웃다 보면
입술이 바짝바짝 타는 걸까요?
등에서 진땀이 나며
얼굴이 젖는 걸까요?
수영도 못 하는데 다이빙을
하고 싶어지는 걸까요?

너무 길게 늘어난 웃음이
땅에 떨어집니다
땅에 떨어지니

먼지와 모래와 작은 돌들이
붙어 버립니다

이물질들을 대충 떼어 내고
주섬주섬
얼굴에 달았습니다

웃을 때마다
돌들이 우드득 씹힙니다

제2부

우물

모처럼 만난 네가
반가워서 달려갔는데

네 속을 모르겠다
깊은지 얕은지
썩었는지 깨끗한지

언뜻
푸른 하늘을 가슴에
품고 있는 것처럼
보였는데

작은 돌 하나
떨어뜨리자
시커먼 것들이 불쑥 올라오는
너의
그 속을

비영리 콘텐츠

—

잎이 다 떨어진
나뭇가지가
머쓱하게
하늘을 긁고 있다

긁는다고 해서
나무가 시원해지는 것도 아니고
하늘이 시원해질 일도 없는데

춥다 어떻다 챙길 사이도 없이
갑자기 떨어져 버린
잎사귀들한테
말하고 싶은 것이 있는데
못 해서인지

빚쟁이들 때문에
거리로 나앉은 가족들에게
참, 할 말이 없네
앙상한 손가락으로

—

뒤통수에 몇 가닥 없는
머리카락만 비비 돌리며
애먼 하늘만 긁적대던
아버지처럼

완벽한 가족

반쪽은 독이 든 사과
반쪽은 맛있는 사과

계모는 키득키득 웃으며
한입 베어 먹으라 한다

나는 계모의 눈치를 보며
기꺼이 독이 든 사과 쪽을
베어 문다

계모의 웃음소리가
숨이 넘어가고 있다

이별 연습

나의 곁은 책을 읽고 있다

나의 곁은 인사를 한다

나의 곁은 걷고 있다

나의 곁은 창밖을 보고 있다

나의 곁은 자고 있다

나의 곁은 꽃을 들고 있다

나의 곁은 말을 하고 있다

나의 곁은 먹고 있다

나의 곁은 웃고 있다

재즈의 모든 것

一

멀리서 볼 땐
잔잔해 보이던 물결도
육지에 가까이 오면
조금씩 들썩이다가
서로 뒤엉키면서

엇, 벌써 마지막까지 온 거야
그럴 리가 없어

다급하게 신발 끄는 소리
옷자락 펄럭이는 소리
그동안 빈둥거리던 것을
후회라도 하는 듯
삼켜지지 않는 모래를
움켜쥐며 뱉으며
패대기치며

이번만 한 번만
제발 더, 조금만 더 살려 줘

一

이리저리 발버둥 쳐 봐도
잡을 것이라고는
아무것도 없다는 것을 아는지
모래 속에 온몸을 파묻고

꿈결같이 고요히
다시
먼 곳으로 돌아갈 채비를 한다

버블 게임

―

기억장애와 방향감각을 상실한
엄마를 거울 앞에 앉힌다
삼면이 거울이다

스킨로션을 뒤집어
손바닥에 몇 방울 떨어뜨린다
얼굴이 얼굴이 얼굴이
무한 반복된다
손이 손이 손이
무한 반복된다

손바닥 두 개를 찰싹, 갖다 대고 비빈다

비빈다 비빈다 비빈다가
무한 반복된다

손바닥 사이에서 튀어 나간
스킨로션 방울들이
거울 속으로 튀어 들어간다

―

거울 속의 엄마를 찰싹 찰싹 찰싹
클릭한다

기억의 방울들이
초기 상태로 되돌아가나 보다

즐거워하는 엄마의
표정이 표정이 표정이
무한 반복된다

종

목이 달려 있어
움직일 수 없었습니다

때리면 울고
때리지 않으면 울지 않았습니다

세월이 많이 흘렀습니다
목을 매달던 끈이 떨어졌습니다

목이 달려 있지 않은데도
움직일 수 없습니다

때려도 울 수 없습니다

그동안 너무 움직이지 않아
녹이 많이 슬었거든요

때리면 웅,
속으로 길게 길게
울음을 삼키던 때가 좋았습니다

털 뽑으세요

12개의 회전 집게가 초당 365번 회전하여
원하는 부위의 털을 뽑아 드립니다
아직도 쓸데없는 털이 많으시지요
빨갛거나 하얗게 탈색된 털
꼬불꼬불하거나 억센 털
나지 않을 곳에 난 털 때문에
고민하신다구요
팔 다리 가슴 어느 부위나
사용하실 수 있습니다
강력한 수축 작용을 통해
모근까지 제거해 드립니다
더운물 샤워 후 사용하시면
더욱 좋습니다
털 제거 후에도 통증은 거의 없습니다

사용 후에는 양심까지도
말끔해집니다

허수아비

52

一

　　초겨울 들판
　　찬바람 눈보라에
　　단추 다 떨어지고
　　옷이 찢어져
　　추운 게 아니다

　　속옷 없어서
　　추운 게 아니다

　　피붙이 하나 없이
　　혼자라
　　견디기 힘들게
　　추운 거다

一

멸치

몸통이 큰 놈이든 아니든
껍데기가 번쩍이든 아니든
상관없다

손에 잡히는 대로
대가리를 떼어 낸다
배를 가르고 똥창을
꺼낸다
살 속에 박힌 가시도
없애고
껍데기는 손으로 슬슬 긁으면
떨어진다
꼬리지느러미도 잘라 낸다

살점만 모아 놓으니
잘난 놈 못난 놈 머리 좋은 놈
민첩한 놈 멋진 놈이 누구였는지

알 길이 없다

토닥토닥 다이어리

54

가슴에 문 하나 달려 있었습니다
사람들이 기웃거리는 것이 귀찮아
바닥에 떼어 놓았습니다

문을 바닥에 놓는 바보가 어디 있니
문은 열고 닫기 쉬워야 돼
제발 문 좀 닫고 살지 마

문을 천장에 달았습니다
밤이 되면 혼자
열어 보려고 했습니다

네 문이 어디 있는지 찾을 수가 없다
문 하나 제대로 달 곳이 없냐

할 수 없이
누구나 볼 수 있게
얼굴에 달았습니다

사람들이 힐끗 보더니

별 관심이 없다는 듯
신경도 쓰지 않았습니다

노크를 하거나
들어온 사람은
지금까지 아무도 없었습니다

날라리 진혼곡

一　　길 가다 개똥 밟았다

앗
휴지도 없고
땅바닥에 문질러도 소용없네
냄새는 나는데
모처럼 애인 만나러 가는데

앗
쇠뜨기풀이 보이네
미안해 살살 문지를게
구두 뒤축과 바닥 사이 움푹한 곳은
안 닦이네
미안, 네 사이사이 좀 헤집어서 해 볼 게

앗, 구두는 깨끗해졌는데
네가 꺾이고 파헤쳐지고
짓이겨지고

二　　하필 네가 여기 있어서

나도 모르게
느닷없이, 미안 미안
돈을 줄 수도 없고
미안 미안 정말로 정말로
말로만 미안

대전발 0시 50분

—

맨드라미를
보고 있는데
방울방울 붉은 액체가
손가락으로 떨어진다

맨드라미를
보지도 않았는데
방울방울 붉은 액체가
가슴으로 떨어진다

아무도 없는 플랫폼

모진 이별을 삼킨
맨드라미가

살짝 건드리기만 해도
삐져나오는 울음을

손으로 막고

—

보글보글
시도 때도 없이
끓어오르려 한다

존재론

캄캄한 밤
누가 또 찬다
빈 깡통이라고

어쩌겠는가, 차면
차일 수밖에

바닥에 있으면 만만한지
이유도 없이
일단 차 보는 사람이 많다

이리 차이고
저리 차이다 보니
찌그러진 몸통 하나

더 이상 잃을 것도
얻을 것도 없다

누가 차면
그냥

소리라도 맘껏 질러 대면서
갈 데까지 가 보는 거다

나를 차서
그의 스트레스가 조금이라도
해소됐다면

그것도 어쩌면
고마운 일이다

실직

62

절벽에서
떨어지다
나뭇가지 잡았다

썩은 나무다

발밑도
허공이고

발 위도
허공이다

블링블링 순간 이동

붉은 저녁노을이
바람에 날리던 새털에 얹혀
토성 아래로 구르기 시작한다

옛날옛날 바른 소리 하다 쫓겨나
컴컴한 토굴에서 기침을 콜록이던
내게도 노을이 잠깐 켜졌었다

그때 나는 새의 깃털을 잡고
날아갈 준비를 하고 있었다

이천 년 전 노을을
나는 지금
풍납토성 앞 버스 정류장에서
기침을 콜록이며 바라보고 있다
거짓말 같지만
손엔 아직도 깃털의 감촉이 느껴진다

그때나 지금이나
노을은 붉은 스티커처럼 말이 없다

휘파람

바다가 내려다보이는
절벽 끝에
혼자 서 있는
나무는
매일 밤
휘파람을 붑니다

너무 심심한데
할 수 있는 게
그것뿐이 없어서
많이
서러운가 봅니다

러닝머신

아무리 빨리 걸어도 제자리다
길은 자꾸 이어져 발밑에 나타나고
걷기 싫어도 걸어야 한다

풀도 새도 없는 길
수평선도 구름도 없는 길

쓰러지지 않으려면 계속 걸어야 한다
한번 들어선 이 길은
길이 멈출 때까지 내려갈 수 없다

이 길을 걷는 데 특별한 비법은 없다
다가오는 길보다 빨리 걸어도 안 되고
늦게 걸어도 안 되고
길 가운데 서 있어도 안 된다
삐끗, 넘어지려 했던 일은
빨리 잊어버리고 딴맘 먹지 말고

추억이 다 벗겨져
너덜너덜해질 때까지

시스템 종료

―

벼락 맞은 나무

새처럼
쪼개진 몸통 끝은 부리가 되고
간신히 붙어 있는 나뭇가지들은
날개가 되고
흙을 움켜쥔 뿌리들은
발톱이 되어
어디론가 날아갈 준비를 하고 있다

평생 옴짝달싹 못 하고
답답하게 한곳에서 사느니
벼락 맞은 게 차라리 잘됐다는 듯

하늘을 보고
멍하니 웃고 있는 것도 같다

파산한 가게 앞에 허탈하게 앉아 있는
막냇삼촌처럼

―

콩새

유리창에 부딪혀 땅에 떨어진
콩새를 손으로 감싸 들었다

어디로 날아가려고 했는지
어디서 날아왔는지
무엇 때문에 여기까지 왔는지
아무것도 모르지만

눈을 뜨고 있는
새의 가슴이 콩당거린다
내 가슴도 콩당거린다

태어나 처음으로 만져 본 새다
따뜻하고 보드랍다
미안해 미안해
나는 언제든 새가 포르르
날아갈 수 있게

손바닥을
펴 주었다

고객님

화가 많이 난 당신 앞에서
얼떨떨한 표정 하나를 떼어
꿀떡 삼켰습니다

표정이 떨어진 얼굴에
급하게 웃음을 칠했습니다

그래도 당신의 화가 넘쳐
여기저기 마구 튀었습니다

아무리 웃음을 덧칠해도
펄펄 끓는 화는 가라앉지 않고
거짓 웃음에 불똥이 튀어 구멍이
뽕뽕 뚫렸습니다

뚫린 구멍이 너무 많아
표정이 쪼개지려 하는 것을
간신히 참으면서
웃음을 찍찍 늘려
당신의 화를 덮자

이리저리 늘어났던 웃음이
일그러져 버렸습니다

다음엔 불똥이 튀어도
타지 않는
낯 두꺼운 종류의 웃음을
준비해야겠습니다

제3부

빗방울 몇 개 떨어지기 시작할 때

작은 솜털 하나
빨랫줄에 붙어 있다가
살랑살랑 위로 올라간다

올라가다
자두나무에 기대어
잠시 쉬어 본다

빨랫줄은 더 올라가 보라 하고
자두나무는 그만 내려가라 하고
누구 말을 들어야 할지

올라가기를 멈추고
다시 내려오다
잠시 갸우뚱, 갸우뚱

의지가지없고
천지 사방이 다 길이니
어디로 가야 좋을지
막막한가 보다

제삼자 참견 시점

일자산 정상 부근
누룩뱀이 산개구리 뒷다리를
물었다

깜짝 놀란 개구리는
달아나려 안간힘을 쓰고
뱀은 악착같이 개구리를 삼키려 하고

바람 한 줄기 없는 대낮

개구리의 커다란 눈이
더욱 앞으로 튀어나오려고 하는데

개구리 편을 들어야 할지
말아야 할지 망설여지는 순간

난, 아무것도 안 본 거다

그것들을 피해
후다닥 산에서 내려왔다

국립묘지

트럼펫을
들고 있는데
빗소리가 들린다

트럼펫을
불지도 않았는데
빗소리가
트럼펫을 적신다

들판엔 아무도 없고

빈 하늘이
트럼펫에

덕지덕지
붙는다

난파선 X파일

一

귀퉁이 떨어진 모자가
뒤집혀
바닥에 놓여 있다

머리카락 헝클어진 사람이
그 옆 맨바닥에 엎드려 있다

칼바람이 간간이 불고
싸락눈 날린다

어둑어둑해질 무렵
바닥에서 굴러다니던
일회용 마스크 하나

아무것도 들어 있지 않은
낡은 모자가 애처로웠는지
그 속으로 쓰윽
들어가 준다

一

인스타그램

동영상 속에
웃음소리만 있고
엄마는 없다
엄마의 웃음소리 위로 라일락
라일락 위로 종달새

동영상 밖으로 튀어나와
와락 안기며 달콤하게 녹아 버리는
웃음소리
자꾸만 눈이 시큰거린다

엄마는 없는 게 아니라
내가 있는 곳 어디에나
넘치도록 있다

그 웃음이 닳지 않는 것을 보니
내가 무엇을 하든
어디를 가든

안심하시는 것 같다

철천지원수

一

어스름 저녁
염소탕 집 뒷마당에 묶여 있는
흑염소 두 마리가
서로 뿔을 부딪치며
크게 싸운다

자기 땅 밟았다고

주인이 뛰어나와
시끄러워 도저히 안 되겠다고
오늘 밤 삶아야겠다고
중얼거리는데

서로를 노려보며
콧김을 뿜어 대고 있다

낼 보자고

一

이판사판

죽었는지
살았는지

꽃게 등껍질을 살짝
눌렀을 뿐인데
집게발을 높이 쳐들고
거품 물고 달려든다

재래시장
좌판에 오른 게
마치 나 때문이라는 듯

죽을 때 죽더라도
성질대로
한바탕 해보자고 덤비는
네가 부럽다

뮤지컬

코뿔소 한 마리가 죽자
사자들이 몰려들어
와그작와그작 뜯어 먹는다
사자가 물러나길 기다리던
점박이 하이에나가
참지 못하고 밀고 들어와
뼈다귀에 붙은 살을 찍찍 찢어 먹고
그 뒤에 자칼이 마른 살점을
참참참참 파먹는다
자칼이 떠나자
흰 등 독수리가 퍼드덕거리며
광란의 파티를 연다
더 이상 살이 남아 있지 않은 곳에
곤충 떼들이 새까맣게 붙었다

며칠 후
크고 작은 빈 뼈들 속에 바람이 들어가
경건한 노래를 한다
누군가의 한 끼를 위해 몸 바친 코뿔소를
위해

초저녁

주머니 속에 눈깔사탕
두 개를 넣고

어제 싸운 영희네 집
골목까지 갔다가

골목 안
전봇대까지 갔다가

전봇대 옆
백일홍 피어 있는 데까지 갔다가
영희네 파란 대문 앞까지 갔다가
기다란 그림자만 밖에 두고

되돌아왔다

주머니 속에 넣어 간
눈깔사탕 두 개가
진득진득 녹아내렸다

심청이와 서핑보드

—   아버지, 걱정 마세요

저는 인당수에 빠져도 죽지 않아요

백화점 서핑 강습 때

초급에서 고급까지 모두 마쳤구요

잠수 훈련도 중급까지 끝냈어요

뱃사람들 눈치 못 채게 옷 속에

구명조끼도 입고

물속에 뛰어들 때 서핑보드 던지도록

손을 써 놓았어요

아버지, 먼저 눈 수술부터 받으세요

싸구려 돌팔이에게 가지 마시고

제일 비싸고 좋은 곳으로 가세요

뺑덕어미도 싸구려 찾아다니다

결국 한쪽 팔을 못 쓰게 됐잖아요, 그러니

제발 돈 아끼지 마시고 제대로 치료받으세요

그리고 눈 뜨시거든 울며불며 저를 찾아다니지 마시고

페북으로 들어오셔서 돋보기같이 생긴 것 누르시고

심청을 검색해 보세요

—   다녀가실 때 좋아요, 누르고

댓글 남기시는 것 잊지 마세요

아버지, 바다는 무섭지 않아요
깊이는 알 수 없어도 사람을 속이지는
않으니까요
제발 사기꾼들 조심하시고
내내 건강하세요

뽑아 쓰는 키친타월

착착 접혀 있다가
순하게 뽑혀 나오는 키친타월
두 장을 뽑아도 다섯 장을 뽑아도
소리 내지 않는 키친타월
더러워진 입 주변을 닦고
구두를 닦고
얼룩도 닦고
내가 흘린 어둠도 닦고
산도 닦고
나무도 닦고
아무렇게나 사용해도
잔소리하지 않는 키친타월
더럽고 흐물흐물해지면
아무 데나 버려도
미안하지 않은 키친타월

만만한 것 없는 이 세상에서
내가 유일하게
마음대로 할 수 있는
키친타월

화해

흰술패랭이꽃과 애기메꽃이
좁은 돌 틈에서 피어나
서로 불편하다고
투덜거리며 싸우다
등 돌리고 있는데

바람이
쌩
급하게 둘을 밀치며
지나가는 통에
할 수 없이
둘이
꼭
껴안고 말았다

둘이 꼭 껴안으니
밤이 되어도
춥지 않을 거야

오만원

一   어머니가 돌아가신 후
       장판을 들춰내자
       곰팡이가 야금야금
       돈을 먹고 있었다

       오, 자는 벌써 다 먹었고
       만, 자는 중간까지
       원, 자는 ㄴ만 남았다

       첫 월급 탔을 때
       한 번 드렸었는데
       곰팡이가 천천히 맛을
       음미하고 있었다

       돈을 꺼내
       햇빛에 널어 두니
       목까지 뜯어 먹힐 뻔한
       신사임당이

二   미안해하지 말라고

엄마처럼 내 어깨를
다독이신다

붉은 아가미

하루 종일 남의 일 하다 보면
서 있기도 힘들어
아이구, 소리와 함께
낡은 의자에 털썩 몸을 던진다
의자도 삐그덕, 맞장구를 친다

언제부턴가 너는 이음새가 헐거워지고
찢어진 쿠션 커버 사이에서
붉은 헝겊이 삐져나와 들어가지 않고 있다
다리엔 흉터가 가득하고
등받이도 거무튀튀 변해 있다

너도나도
세상에 할 말이야 없겠냐마는
그저 아프면
아이구, 삐그덕
신음을 잠시 바닥에 토해 놓을 뿐이다
아무도 없는 데서
자꾸 그러다 보니
그새 말하는 걸 잊었는지

누가 발로 차서 억울해도
한번 당차게 대들지도 못하고
구석에 찌그러진 채로
아가미 사이에 끼어 있는 공기만
잘근잘근
씹을 뿐이다

함정

차단기 없는 철로를 지나면서
자동차 뒷바퀴가 버팀목에 걸려
움직이지 않는다
덜컥, 하늘이 내려앉는다
마음은 벌써 저쪽 길 위로 달려가는데
차는 자꾸 헛바퀴만 돌린다
교외선 열차가 모퉁이를 돌아
달려올 것 같다
급한 김에 후진시키려고
뒤를 돌아보았다
아득히 밀려 있는 차들이
빨리 가라고 등을 떠밀고 있다
수양버들이 어둠을 쓸어 모은다
정신을 가다듬고 있는 힘을 다해
가속페달을 밟았다
돌멩이 몇 개가 튕겨 나가고
고무 타는 냄새가 난다

내가 가진 지도에는
버팀목이 빠진 철로는

표시되어 있지 않았다
아무 생각도 할 수 없었다
다만 댐 아래쪽으로
비스듬히 나는 새를 보고 있었다

교외선 열차가 달려오는 진동에
발이 저려 온다

턱

시험에 떨어진 아이가
거칠게 코를 골며 자고 있다

크으으응 하다가는
끝까지 올라가지 못하고
딱, 어느 순간 멈춘다

깜짝 놀라 쳐다보면

푸악, 하고 한꺼번에
숨을 뱉어 낸다

힘들게 어딘가 올라가는데
마지막 한 발을 떼지 못해
쩔쩔매고 있는 것 같다

잠시 후
또 무거운 발을 옮겨
그 턱을 넘으려나 보다

크으으윽

너무 힘들면 옆길도 있는 거야
속삭이며
아이의 고개를 살짝 돌려 주었다

감정노동자

“여보세요?”

“안녕하세요? 고객님
OO 홈쇼핑입니다
전화 주셔서 감사합니다
무엇을 도와 드릴까요?”

“지금 방송에 나오는 청바지
모델이 입고 있는 사이즈가
어떻게 되나요?”

“네, 44입니다
주문 도와 드릴까요?”

“그럼 제일 큰 사이즈는 몇이에요?”
“네, 77입니다”

“음, 사사, 칠칠?
이 칠칠맞은 인간아!
평생 칠칠맞게 살다 죽어라”

“네? 고객님
무슨 말씀인가요?”

“못 알아들었어? 이 칠칠아
약 오르지, 메롱”

“뚜뚜뚜뚜……”

통무

＿

희고 매끈한 무가
잎사귀도 푸르고 싱싱한 무가
가운데를 잘라 보니
시꺼멓게 썩어 있었다

겉만 봐서는
아무도 모른다
속 썩은 무의 속을
누구에게도 내색하지 못하고
혼자만 썩는 속을
그나마 썩지 않은 부분도
끓는 물 속에 빠지면
뼈도 못 추리고
물컹대야 하는
속내를

겉만 멀쩡한 내 속을
아는 사람
이 세상에 아무도 없다

＿

제4부

사시나무

바람도 불지 않는데
나무가 잎사귀를
부르르 떠는 것은

그동안 들었던
새들의 소리를
털어 내는 것이다

틈만 나면
가지 사이를 옮겨 다니며
죽겠다 못 살겠다 싫다
하소연하는 것들을

묵묵히 들어 주고
감싸 주다 보면
나무도 어느 날은
진저리를 치고 싶을 것이다

시누이 많은 집
맏며느리처럼

청춘

청계천 옆 사무실이 밀집된
도로에서

커피를 든 행인 A와
아이스크림을 든 행인 B가
스마트폰을 보면서 서로
맞은편에서 오다가 부딪쳤다
둘은 체격도 비슷하고
나이도 비슷해 보인다

옷은 엉망진창이 되고
스마트폰은 바닥에 떨어져 파편이 튀고

순간, 그들은
묻지도 따지지도 않고 다짜고짜
멱살 잡고
주먹 휘두르고
발길질을 한다

먹고살 만한가 보다

목줄

묶여 있지 않은 작은 개가
묶여 있는 큰 개를 보고 짖는다

묶여 있던 개가
이빨을 드러내면서
맹렬하게 달려들지만
딱, 거기까지

공중을 물어뜯으며
침을 튀겨 보지만
딱, 거기까지

목덜미에 피가 나도록
네 다리를 버둥거리며
뛰어올라 보지만
딱, 거기까지

약이 올라 발톱이 빠지도록
땅을 후벼 파 봐도
어찌해 볼 도리가 없는

잡초

헤어지자, 야멸치게
던져 버리고 떠난 그의 말들이
가슴속 여기저기서
스멀스멀 피어나고 있다

그냥 두었다간
이것들이 나를
야금야금 죽여 버릴지도 몰라
어느 날 마음 먹고
뽑아 버리기로 했다

자세히 보니
뿌리들이 벌써 내 살을
조금씩 파먹고 있었다

뽑아내려는 힘과
뽑히지 않으려는 힘이
맞서니 팽팽하다

서로 맞잡고

숨 막히는 오후를 지나
저녁을 지나 밤을 지나

결국 뿌리는 남고
줄기만 끊어졌다

아마도 이별의 비린내를
평생 맡아야 될 것 같다

지상에서 영원으로

一   온몸이 공기로 가득 찬
           풍선,
           끈 떨어져
           이리 기웃
           저리 기웃

           어디든 갈 수 있지만
           어디를 가도
           마음 붙일 곳은 없다

           고단한 몸
           오라는 곳도 없고
           갈 곳도 없고

           만만한 전봇대에
           기대 보려다
           무엇엔가 찔려
           빵, 터졌다

二   얼떨결에

꺼풀이 확, 벗겨진다

온몸의 공기가
쪼그라져 떨어지는 꺼풀 주변을
잠시 맴돌다
미련 없이 바람 속으로
섞여 들어간다

사회적 격리

보지도 않고 삭제해 버렸던
스팸 메일을 연다

당일 출고 비아그라
전 상품 1 + 1
흥분제 4병 서비스

화끈한 사랑 나눔 쉼터

젊음을 돌려 드리는 저분자 콜라겐과
영혼과 육체를 맑게 하는 약
90프로 할인

완벽함을 넘어선 최고의 뮤지컬

더블 배당 이벤트, 가입 즉시 오만 원 드림

아무리 먹어도 과하지 않은 약도라지
먹는 즉시 혈류 개선과 피로 회복 보장
인기리에 판매 중

하나하나 읽다가 창밖을 본다

흩어진 마음들이
고압선 철탑에 앉았다가
구름에 꽂혔다가

하늘에 등을 대고 눕는다

투명 인간

저녁 무렵
누가 문을 두드린다

벌떡 일어나
바깥을 살짝 보니
주인아저씨다

없는 체 얼른
수도꼭지를 잠근다

잠시 뒤
다시 쾅, 쾅, 쾅

전깃불을 올려다본다
꺼져 있다

조금 사이를 두고
신경질적으로 탕, 탕, 탕

선 채 움직이지도 못하고

다리가 저려 온다
미안하지만 어찌할 수 없어
쩔쩔매고 있는데

책상 위에서
휴대전화 벨 소리가
요란하게
울리기 시작한다

개 억울

사자 새끼 코끼리 새끼 고양이 새끼라는 말을 들으면
아무렇지도 않은데 개새끼라는 말을 들으면
화가 난다

사자 수작 코끼리 수작 고양이 수작 부리지 말라면
무슨 소리인지 몰라 고개가 갸웃거려지는데
개수작 부리지 말라고 하면
얼굴이 뜨거워진다

사자 지랄 코끼리 지랄 고양이 지랄 떤다고 하면
웃겠는데
개지랄 떤다고 하면
싸우고 싶어진다

사자 똥 코끼리 똥 고양이 똥보다 못한 인간이라면
어리둥절한데
개똥보다 못한 인간이라고 하면
울고 싶어진다

걷다가 발을 헛디뎌 넘어졌다

화풀이할 데도 없고
개 같은 날이라고
투덜거렸다

서울

공원 풀밭 위 비둘기 한 마리
모이를 쪼아 먹다
가느다란 투명 비닐 끈에
두 발이 감겼다
벗어나려고 몸부림치면 칠수록
날개까지 감겨 오도 가도 못 하고
앓는 소리를 내며
꼼짝도 못 하고 있는데

옆에 있는 비둘기들
아랑곳하지 않고
그 비둘기 주위에 있는
쪼개진 튀밥을 주워 먹다가
점점 그 비둘기 턱밑까지
쪼아 보다가

더 이상 먹을 것이 없는지

모두 한꺼번에 다른 곳으로
훌쩍, 날아가 버린다

폐교

발 디디는 곳마다 함정이야
함정마다 내 눈이 박혀 있어
함부로 발 내딛지 마
네가 들어올 때는 마음대로 들어왔어도
나갈 때는 마음대로 못 나가
내가 너를 먹어 버릴지도 몰라
푸석해진 몸이지만
네 다리를 한번 잡으면
놓지 않을 거야

다리 하나 주면
안 잡아먹지
팔 하나 주면
안 잡아먹지
눈깔 하나 주면 안 잡아먹지

개미 그림자 하나 얼씬거리지 않는

부서진 몸 밖으로 눈이 내린다
몸 안으로도 눈이 내린다

오픈게임

짤막한 다리에 볼품없는 갈기의 시정마는
예민해질 대로 예민해진 암컷의 발길질에
옆구리를 채여 숨도 못 쉬고
뒤로 나자빠졌다가 다시
짤막한 다리로 돌진하다가
휘두르는 암컷의 꼬리털에 눈알이 쓸려
아파 날뛰면서도 다시
콧잔등을 채여 피가 줄줄 흘러도 다시

정신 못 차리고 다시, 다시 달려든다

얼마나 지났을까?
씨암말은 잠잠해졌는데
기회는 이때인데
주인에게 몽둥이찜질을 당하면서
끌려 나가고 있다

멋지게 등장하는
우수 혈통의 수컷 경주마와
아슬아슬 스쳐 지나가면서도

무슨 상황인지도 모르고
돌아보고 또 돌아보고
침 질질 흘리며
끌려 나가고 있다

본 게임은 뛰지도 못하고
매번 만신창이가 된 채
마우스피스를 뱉으며
링에서 내려오던 막냇삼촌 같아서
시정마의 흥분이 가라앉을 때까지
갈기를 다독거려 주었다

소엽 풍란

어찌어찌하다 보니
늙은 나무 둥치에
붙었어

의지할 데라곤
그의 마른 껍데기뿐

죽지 않으려고
뿌리를 뻗고 또 뻗어
공중에 허연 뿌리가
잔뜩 드러나도
창피한 줄도 몰랐어

남의 속도 모르고
바람기 많아 첩살이한다고
수군대지 마

늙은 나무를
빨아먹고 살지는
않으니까

오프라인

간신히 우물 밖으로 나온
개구리

가슴을 펴고 어깨를 젖히고
푸른 하늘을 마신다
따뜻한 햇볕을 쬐며
느긋하게 누워 본다
넓고 넓은 땅이 신기해서
폴짝폴짝 뛴다

드디어 자기 세상을 만난 것 같아
신나게 돌아다니다
폭신해 보이는 풀 속으로
들어간다

풀 속에 뱀이 아까부터
자기를 노리고 있는 것은
꿈에도 모른다

밑창

폐기물 처리장으로 가고 있는
손수레 위
구두 밑창이 하늘을 보고 있다

그가 걸었던 길들이
어지럽게 얽히고설켜
군데군데 파여 있다

평생 하늘 볼 일 없었을 텐데
이제서야
마음껏 하늘을 보고 있다

지하 분식 센터에서
설거지만 하다가
폐가 나빠져 요양원으로 향하면서
햇빛을 보자 눈도 제대로 못 뜨고
숨만 깊게 들이쉬던
이모님이 생각난다

아직도 눅눅한 그가

조금이라도 보송보송해지도록
비록, 쓰레기 더미지만
제일 위쪽으로
옮겨 주었다

자매

초등학교 다닐 때
한 살 터울 언니와 내가
귀한 귤 하나를 얻었다

언니 한 조각 나 한 조각
조심조심 먹다 보니
마지막 딱, 한 조각
남았다

순간 둘이 동시에
손이 닿았다
서로 먹겠다고
울고불고 엄청 싸웠다

뭔가 틀어져
오랫동안 보지 못한 언니가
요양병원에 입원했다는 소식을 들었다

한여름이라 좀 비싼
귤을 사 가지고 갔다

하나를 가지고 반도 못 먹던 언니가
나를 보고 먹으라는 시늉을 한다

참으로 오랜만에
서로 껴안고
한참을 웃다 울었다

가출

스무 살이 담긴 가방을 메고
역 앞을 서성인다

기차가 지나가는데
달이 양쪽으로 찢어진다
혼자 집에 남은 팥배나무의 등이 찢어지고
돌담 옆에 놓인 의자도 찢어지고
검둥개의 짖는 소리도 찢어지고
행방불명된 어머니도 찢어진다

다시는 붙일 수 없는
스무 살, 속으로

뿌리 없는 눈발
몇 개
날리다 만다

탈출

수족관 속의 낙지가
빨판을 청진기처럼
유리 벽에 대고
눈을 감고 있다

어디
비집고 나갈 틈이라도
없을까?

그 궁리만
열심히 해도
사는 게 지루하지는
않을 거다

하류사회

물살이 빠르고
자잘한 돌과
굵은 모래가 깔려 있어
깨끗한 물이 흐르는 위쪽에
쉬리 금강모치 버들개 어름치 등이
살고 있다

물살이 느리고 거의 흐름이 없는
탁한 아래쪽에
붕어 잉어들이 살고 있다

아래쪽에 사는 것들은
위쪽을 넘보지 않고
위쪽에 사는 것들도
아래쪽으로 내려가지 않는다

맑은 위쪽에 사는 것들은
자기가 훤히 다 보이기 때문에
불안에 떨며
빠른 물살에 떠내려가지 않으려고

죽어라 지느러미를
움직이고 있는데

아래쪽에 사는 것들은
자신들이 드러나지 않으니
조용하게 움직이면서
느긋하게 살아가고 있다
사람들은 거기에 어떤 것들이
사는지조차
잘 모른다

탈모 증상 완화에 도움을 주는 A급 제안서

신경질 많게 설계된 그가
바닥에 머리카락이 떨어졌다고
잔소리를 한다
긍정적 마인드로 설계된 내가
머리카락은 떨어지기 위해
있는 거라고 받아친다

물건이 제자리에 없다고
투덜거린다
제자리에 없으면 옆자리를 보면
된다고 말한다
사과가 맛이 없다고 뱉는다
맛있는데 왜 그러는지 모르겠다고
갸웃거린다

별일 아닌 것들로 자꾸 충돌하더니
시스템이 느려지고 가끔 멈추기도 한다

이럴 땐 충돌을 일으킨 원인을 분석해서
프로그램을 재설정하거나

응용프로그램을 가동해야 한다

시스템이 제대로 복구되지 않는다고
잠 못 자고 머리카락을 쥐어뜯으며
애면글면할 필요가 없다
얼른 갖다 버리고 새 프로그램을 사면 된다

요즘은 훨씬 더 좋은 것들이
많다

웃음과 감정의 파노라마
—신미균 시의 사물과 인간

권온(문학평론가)

1.

신미균은 1996년에 시인의 이름을 얻었고, 지금껏 제1시집 『맨홀과 토마토케첩』, 제2시집 『웃는 나무』, 제3시집 『웃기는 짬뽕』, 제4시집 『길다란 목을 가진 저녁』 등을 출간하였다. 그녀가 이번에 상재하는 시집 『빈티지풍의 달』은 제5시집이 된다.

시인이 펴낸 시집들의 제목을 보다가, 필자는 그녀가 '웃다', '웃기다', '웃음' 등의 어휘에 각별한 관심을 기울이고 있음을 깨달았다. '웃음' 관련 표현을 향한 신미균의 남다른 지향은 이번 시집 『빈티지풍의 달』에서 어떤 구체적인 모습으로 형상화되고 있을까?

이 글은 시인이 탐구하는 '웃음'의 시학을 독자들에게 친절하게 소개하고 싶다. 또한 그녀의 시편에서 추출할 수 있는 다양한 이름의 '감정'에 대해서도 이야기하고 싶다. 요컨대 이 글은 신미균의 시에 등장하는 사물과 인간에서 웃음과 감정의 파노라마를 발견하려고 노력할 예정이다.

2.

필자의 기억 속에 위치한 신미균은 잘 웃는 인물이다. 그녀의 웃음은 작위적이지 않고 자연스럽다. 시인이 쓰는 좋은 시는 과장되지 않고 독자들에게 편안하게 읽힌다. 가령 시 「망치」 같은 경우가 그러할 테다.

친하게 지내고 있는
302호가 아침부터 전화를 했다
집값이 두 배로 올라서
신난다고

난, 사실
월세 사는데

두 배라는 소리가
가슴에
대못을 박는다

전화를 끊기도 전
피도 말라 버린
몸이
쪼개져 산산조각이 났다

―「망치」 전문

이 시는 시적 화자 '나'와 "302호" 사이의 전화 통화에 집
중한다. '나'와 "친하게 지내고 있는" "302호"는 같은 아파
트 302호에 거주하는 거주민으로 추정된다. "302호"는 '나'
에게 "아침부터 전화를 했"는데, "집값이 두 배로 올라서/
신난다"라는 것이 내용의 핵심이다.

'나'는 "302호"와 같은 아파트에 살고 있지만, "302호"와
는 달리 집값 상승에 기뻐할 수가 없다. "302호"가 집을 소
유한 집주인의 입장이라면, '나'는 집을 집주인에게서 빌려
서 생활하는 세입자의 입장이기 때문이다.

"302호"가 전화기 너머에서 '나'에게 전한 "두 배라는 소
리"는 '나'의 "가슴에/대못을 박는다". '나'의 "몸"은 "피"가
"말라 버"리고 "쪼개져 산산조각이 났다"라는 과격한 표현
은 무엇을 의미하는가? 신미균은 이 시에서 "망치"가 "대못
을 박"아서 "산산조각이" 난 '나'의 감정을 이야기한다. 독
자들로서는 주택을 취득하지 못하고 자본주의 메커니즘의
열차에서 낙오한 '나'의 심경을 설득력 있게 형상화한 시
「망치」를 오랫동안 기억해야 할 것이다.

학교에서 돌아와 보니
식구들은 보이지 않고

방 안 물건마다
빨간딱지가 붙어 있다

방의 벽에
웃음을 칠하자
빨간 웃음이
벽의 혈관을 타고
뻗어 나간다

나는 지금
벽에 기대서서
웃음을 수혈 중이다

―「울퉁불퉁 파노라마」 전문

　신미균에게 '웃음'은 본질적이고 불가결한 행동이나 상황일 수 있다. 그녀에게 '웃음'은 반드시 필요한 치료제와 같은 것이기 때문이다. 이 시의 시적 화자 '나'는 고등학생일 수 있다. '내'가 "학교에서 돌아와 보니/식구들은 보이지 않"았다. 평소와 달랐던 그날, '나'는 "방 안 물건마다/빨간 딱지가 붙어 있"는 모습을 보았다.

　"빨간딱지가 붙어 있"는 물건들로 가득한 낯선 방에서, 어린 학생이었던 '나'는 어지러움을 느꼈을지도 모른다. '내'가 "방의 벽에/웃음을 칠하"고, "벽에 기대서서/웃음을 수혈"하는 이유는, "빨간딱지"가 유발하는 어지러움을 벗어나기 위한 필사적인 몸부림과 무관하지 않다. 압류가 들어온 방 안에서 넘어지지 않기 위해서, '나'는 '웃음'이라는 이름의 물감을 칠하고, '웃음'이라는 이름의 혈액을 주입하고 있

는 것이다. '웃음'은 "빨간딱지"의 공포 속에서 시인이 살아
남기 위해 선택한 최후의 치료제인 셈이다.

　　기운 없는 아버지

　　머리카락이 별로 없는
　　그가 내민 A4 용지 빈칸에
　　멈칫멈칫
　　붉은 도장을 찍는다

　　안 돼, 소리치며
　　어머니가 아버지를 잡으려다
　　같이 A4 용지로 풍덩 빠진다

　　그는 어머니와 아버지를 삼킨
　　A4 용지를 착착 접어
　　안주머니에 넣고 씩, 웃는다

　　죽어서도 잊을 수 없는
　　그 얼굴이
　　이제는 남의 것이 된
　　선산 위로
　　매일 밤 떠오른다

─「빈티지풍의 달」 전문

이번 시는 앞에서 살핀 시 「울퉁불퉁 파노라마」와 강하게 연결되어 있다. 이 시 「빈티지풍의 달」은 시 「울퉁불퉁 파노라마」에 등장하는 "빨간딱지가 붙"은 물건의 전사(前史)를 제공한다.

물건에 "빨간딱지"가 붙었다는 것은 압류가 들어왔다는 것이고, 물건이 압류되었다는 것은 채권(債權)과 채무(債務)의 권리가 발생했음을 의미한다. 이 시에 등장하는 주요 인물로는 '아버지', '어머니', "머리카락이 별로 없는" '그' 등이 있다. '그'는 '아버지'에게 "A4 용지"를 내밀고, '아버지'는 그 종이에 "붉은 도장을 찍는다". 이때 곁에 있던 '어머니'가 "안 돼, 소리치"는 이유는 도장을 찍는 행위가 빚보증에 해당하기 때문일 것이다.

"머리카락이 별로 없는" 집안 어른일 수도 있는 '그'는 "A4 용지를 착착 접어/안주머니에 넣고 씩, 웃는다". 신미균은 '아버지'와 '어머니'의 딸로서 그의 교활한 웃음을 결코 잊을 수 없을 테다. 시인이 '그'의 얼굴을 "죽어서도 잊을 수 없는" 이유는, '그'가 "어머니와 아버지를 삼"켰고, "선산"을 "남의 것"이 되도록 했으며, 무엇보다도 그녀 자신의 인생에 파괴적인 영향을 끼쳤기 때문일 것이다. 놀라운 점은 이와 같은 비극적인 상황에서도 신미균이 회복 탄력성을 유지한다는 사실이다. 우리는 "빈티지풍의 달"이라는 이 시의 제목에서 시인의 타고난 긍정성을 확인하게 된다.

정신이 온전치 못한

어머니가
오랜만에
잠깐 눈을 뜨셨다

식구들이 다 모여 있는 것을
보시고
희미하게 웃으신다

환한 대낮이었다

갑자기 손을 들어
허공을 더듬으시며
들릴 듯 말 듯
숨소리로 말씀하신다

어여, 불 꺼
전기세 많이 나와

―「습관」 전문

신미균은 이미 시 「울퉁불퉁 파노라마」에서 '식구들'을 활용한 바 있는데, 이번 시에서 다시 한번 '식구들'을 소환한다. 이쯤 되면 '식구' 또는 '식구들'은 그녀가 좋아하는 대표적인 시어가 될 수 있다. 한집에서 함께 살면서 끼니를 같이하는 사람을 뜻하는 '식구'를 통해서 독자들은 시인의 따뜻한 마음과 정을 확인하게 된다.

신미균이 시 「습관」에서 주목하는 인물은 '어머니'이다. '어머니'는 "정신이 온전치 못한" 상태에 위치한다. 어쩌면 '어머니'는 치매에 걸린 상태일 수도 있다. '어머니'는 "환한 대낮"임에도 불구하고 '식구들'에게 "어여, 불 꺼/전기세 많이 나와"라고 발언한다. '어머니'는 태양의 빛을 전등의 빛으로 오해한 것이다.

시인은 이 시에서 전기세를 아끼려고 늘 전등을 껐던 '어머니'의 "습관"을 절묘하게 포착하였다. '절약'이라는 이름의 '어머니'의 오래된 "습관"은 치매 이후에도 여전하다. '어머니'가 고수하는 아끼는 "습관"은 '식구들' 앞에서의 희미한 웃음과 연결될 수 있다. 같이 밥을 나누어 먹는 존재로서의 '식구들'을 닮은 '어머니'의 웃음은, 이 시의 독자들에게 더없이 아름다운 기억으로 오랫동안 기억될 것이다.

아파서 며칠째 누워 계시는
어머니를 뵈러 갔다

멀리서 사는 오빠도 와 있었다

모처럼 왔는데
아무것도 없으니
짜장면이라도 시켜 먹으라고 하셨다

엄마는 물 한 모금 못 드시고

끙끙 앓고 계시는데

나와 오빠는

엄마 옆에서

짜장면을 먹으면서

땅값 뛴 텃밭 이야기를 하다가

단무지 한 조각 남은 것을

서로 먹으려고 싸웠다

―「몬스터」 전문

   이 시의 제목인 "몬스터"는 괴물, 괴수, 생김새가 괴상하고 사람이 아닌 살아 있는 생명체를 가리킨다. 이 시에 등장하는 인물들로는 시적 화자 '나'와 '오빠' 그리고 '어머니'가 있다. '나', '오빠', '어머니' 중에서 "몬스터"는 누구인가? 이 시를 읽는다는 것은 "몬스터"를 찾는 일과 다르지 않을 것이다.

   '어머니'는 "아파서 며칠째 누워 계시는" 중이고, '나'와 '오빠'는 "어머니를 뵈러" "멀리서" 왔다. "엄마는 물 한 모금 못 드시고/끙끙 앓고 계시는데", "나와 오빠는/엄마 옆에서/짜장면을 먹으면서", "단무지 한 조각 남은 것을/서로 먹으려고 싸웠다".

   물 한 모금을 못 먹는 고통 속에 놓여 있는 '어머니'와는 달리 남매 사이인 '나'와 '오빠'는 짜장면과 단무지를 향한

136

식탐을 마음껏 노출한다. '나'와 '오빠'를 "몬스터"로 규정할
수 있는 결정적인 단서는 "땅값 뛴 텃밭 이야기"이다. 남매
의 탐욕이나 욕망은 '어머니'의 "텃밭"을, 힘없는 노인의 재
산을 노리고 있는 것이다.

    캄캄한 밤
    누가 또 찬다
    빈 깡통이라고

    어쩌겠는가, 차면
    차일 수밖에

    바닥에 있으면 만만한지
    이유도 없이
    일단 차 보는 사람이 많다

    이리 차이고
    저리 차이다 보니
    찌그러진 몸통 하나

    더 이상 잃을 것도
    얻을 것도 없다

    누가 차면

그냥
소리라도 맘껏 질러 대면서
갈 데까지 가 보는 거다

나를 차서
그의 스트레스가 조금이라도
해소됐다면

그것도 어쩌면
고마운 일이다

―「존재론」 전문

존재를 다루는 시가 여기에 있다. 다소 철학적이고 사변적인 성격을 띨 수 있는 작품이지만, 신미균이 이 시에서 펼치는 이중의 존재론은 상당히 구체적인 양상으로서 다가온다. 그녀가 선택한 이중의 존재론은 시적 화자 '나'와 '그'를 지향한다.

시인이 선택한 '나'는 "빈 깡통" 또는 "찌그러진 몸통"을 가리키고, '그'는 '나'를 "차 보는 사람"으로 등장한다. 신미균의 "존재론"은 인간과 사물의 존재론이다. 특이한 점은 '나'의 자리에 사물을 배치하고, '그'의 자리에 인간을 배치했다는 사실이다.

시인은 시적 화자 '나'를 "빈 깡통"으로서의 사물로 규정하고, '그'라는 인물을 "빈 깡통"을 차는 사람으로 규정함으

로써, 인간의 입장이 아닌 사물의 입장에서 존재를 이야기한
다. 그리하여 "더 이상 잃을 것도/얻을 것도 없다"라는 5연
의 진술이나 "그것도 어쩌면/고마운 일이다"라는 8연의 진
술을 읽는 독자들은 '달관'이나 '득도' 또는 '해탈'의 경지에
가까이 다가설 수 있을 테다.

　　벚나무 아래
　　아흔하나 어머니
　　앉아 계시네

　　바람 불면
　　벚꽃잎이
　　튀밥처럼 쏟아지네

　　이제는 가야 된다고
　　인사드리면
　　밥 먹고 가라고
　　벚꽃을 잔뜩
　　주머니에 넣어 주시네

　　늦기 전에
　　어서 가라고
　　가라는 시늉을 하면서도
　　한 손으로는 내 옷을 꽉 잡고

놓지 않으시네

─「말랑말랑한 멜랑콜리」 전문

신미균이 이번 시집에서 가장 애착을 보이는 인물로는 '어머니(엄마)'를 꼽을 수 있겠다. 그녀는 「빈티지풍의 달」, 「습관」, 「몬스터」 등의 시편에 이어서 시 「말랑말랑한 멜랑콜리」에서도 '어머니'를 형상화하고 있기 때문이다.

시인이 제시하는 '어머니'의 나이는 "아흔하나"이다. '어머니'의 배경에는 "벚나무", "벚꽃(잎)"이 위치한다. 신미균에 의하면 "벚꽃(잎)"은 "바람 불면" "튀밥처럼 쏟아"진다. 시인이 아쉬움을 뒤로하고 "이제는 가야 된다고/인사드리면", '어머니'는 아쉬운 마음에 "밥 먹고 가라고" 이야기한다. "벚꽃" → "튀밥" → "밥"으로의 이동 속에는 '어머니'와 딸 사이에 내재하는 서로를 향한 사랑이 위치한다.

'어머니'의 마음은 '가라'와 '가지 마라' 사이에서 즐겁게 충돌한다. 오랜만에 찾아온 딸이 "늦기 전에/어서" 갔으면 좋겠다는 마음과 조금 더 있다가 갔으면 좋겠다는 마음이 가볍게 실랑이하는 것이다. "내 옷을 꽉 잡고/놓지 않으시"는, '어머니'의 "한 손"은 딸이 자신의 곁을 떠나지 않았으면 하는, 가지 말았으면 하는 마음을 대변한다.

신미균이 이 시에서 집중하는 감정은 우울, 비관주의와 연결될 수 있는 "멜랑콜리"이다. 그녀는 마이너스적인 감정인 "멜랑콜리" 앞에 "말랑말랑한"이라는 형용사를 붙인다. 시인은 우울한 감정을 보완하고, 감정의 추락을 제어하는

탁월한 역량을 작품의 제목에서 뽐내고 있는 셈이다.

착착 접혀 있다가

순하게 뽑혀 나오는 키친타월

두 장을 뽑아도 다섯 장을 뽑아도

소리 내지 않는 키친타월

더러워진 입 주변을 닦고

구두를 닦고

얼룩도 닦고

내가 흘린 어둠도 닦고

산도 닦고

나무도 닦고

아무렇게나 사용해도

잔소리하지 않는 키친타월

더럽고 흐물흐물해지면

아무 데나 버려도

미안하지 않은 키친타월

만만한 것 없는 이 세상에서

내가 유일하게

마음대로 할 수 있는

키친타월

—「뽑아 쓰는 키친타월」 전문

신미균은 시 「존재론」에서 "빈 깡통"이라는 이름의 사물에 집중한 바 있는데, 이번 시 「뽑아 쓰는 키친타월」에서는 "키친타월"이라는 이름의 사물에 주목한다. 시인은 간과하기 쉬운 사물에 각별한 눈길을 줌으로써 인간의 본질에 다가설 수 있는 지름길을 개척한다.

신미균에 의하면 "이 세상"은 "만만한 것 없는" 곳이다. 우리가 살아가는 "이 세상"에는 쉽게 다루거나 대할 만한 것이 없다. 어려운 것, 부담스러운 것, 무서운 것이 가득한 공간이 사람들이 생활하는 "이 세상"이자 이 세계이다.

이 시에서 시적 화자 '나'는 거칠고 험한 이 세상에서 "유일하게/마음대로 할 수 있는" 사물로 "키친타월"을 선택한다. '내'가 "키친타월"을 특별한 사물로 규정하는 이유는 무엇인가? "키친타월"에는 남다른 장점, 강점, 미덕이 적지 않다. 더러워진 대상을 깨끗하게 닦는 "키친타월"은 "소리 내지 않"고, "잔소리하지 않는"다. 또한 그것은 "미안"할 필요가 없고, "마음대로 할 수 있는" 사물이다.

누구에게나 자신만의 "얼룩"이나 "어둠"이 있을 것이다. 타인에게는 밝히기 힘든 고유한 아픔이나 상처를 닦을 수 있는 "키친타월"이 필요할 수 있다. "착착 접혀 있다가/순하게 뽑혀 나오는 키친타월"을 마련할 수 있다면, 우리의 삶은 조금 더 든든한 안정감 속에서 아름다운 꽃처럼 피어날 수 있을 것이다.

동영상 속에

웃음소리만 있고
엄마는 없다
엄마의 웃음소리 위로 라일락
라일락 위로 종달새

동영상 밖으로 튀어나와
와락 안기며 달콤하게 녹아 버리는
웃음소리
자꾸만 눈이 시큰거린다

엄마는 없는 게 아니라
내가 있는 곳 어디에나
넘치도록 있다

그 웃음이 닳지 않는 것을 보니
내가 무엇을 하든
어디를 가든

안심하시는 것 같다

―「인스타그램」 전문

　‘어머니’ 또는 ‘엄마’는 신미균이 이번 시집에서 가장 집
중적으로 천착하는 대상일 수 있다. 이 시에서 ‘엄마’는 “없
다”와 “있다” 사이에서 움직인다. 시적 화자 ‘나’에게 ‘엄마’

는 부재의 대상일 수도 있고, 존재의 대상일 수도 있다.

"인스타그램"의 "동영상 속에"는 "엄마의 웃음소리"가 여전히 재생된다. '나'는 웃음소리만 남아 있는 '엄마'를 없는 대상으로 생각하다가 "자꾸만 눈이 시큰거린다". 하지만 '엄마'를 향한 '나'의 간절한 마음은 "동영상 밖으로 튀어나와/와락 안기며 달콤하게 녹아 버리는/웃음소리"를 구체적인 '엄마'의 형상으로 재구성한다.

이제 '엄마'의 웃음은 "닳지 않는" 웃음이 되고, "엄마는 없는 게 아니라/내가 있는 곳 어디에나/넘치도록 있다". 이제 '엄마'는 "내가 무엇을 하든/어디를 가든" "안심하시는 것 같다". '나'의 마음속에서 '엄마'는 언제나 살아 있는 셈이다. 신미균은 이 시를 읽는 독자들에게 부재가 존재가 되는, "없다"가 "있다"가 되는, '엄마'를, '엄마'의 웃음과 웃음소리를 제공한다. 그러므로 '엄마'의 안심은 '나'의 안심이 되고 독자들의 안심이 될 것이다.

죽었는지
살았는지

꽂게 등껍질을 살짝
눌렀을 뿐인데
집게발을 높이 쳐들고
거품 물고 달려든다

재래시장

좌판에 오른 게

마치 나 때문이라는 듯

죽을 때 죽더라도

성질대로

한바탕 해보자고 덤비는

네가 부럽다

—「이판사판」 전문

시적 화자 '나'는 "재래시장"에 가서 "좌판에 오른" "꽃게"를 관찰한다. '나'는 "꽃게"가 "죽었는지/살았는지" 궁금해서 "꽃게 등껍질을 살짝/눌렀을 뿐인데" "꽃게"는 "집게발을 높이 쳐들고/거품 물고 달려든다".

'나'는 "꽃게"를 '너'로 지칭하면서 부러워한다. '내'가 '너'를 부러워하는 이유는, '네'가 "죽을 때 죽더라도/성질대로/한바탕 해보자고 덤비는" 모습을 보여 주기 때문이다. 막다른 데 이르러 어찌할 수 없게 된 지경 곧 이판사판의 상황에서, 제 성질을 부리며 덤비고 달려드는 "꽃게" 앞에서 '나'는 '삶'과 '죽음'이라는 존재의 두 가지 양태(樣態)를 확인한다. 우리도 "꽃게"를 본받아서 후회 없는 삶을 위한 실행력과 실천력을 키워야겠다.

저녁 무렵

누가 문을 두드린다

벌떡 일어나
바깥을 살짝 보니
주인아저씨다

없는 체 얼른
수도꼭지를 잠근다

잠시 뒤
다시 쾅, 쾅, 쾅

전깃불을 올려다본다
꺼져 있다

조금 사이를 두고
신경질적으로 탕, 탕, 탕

선 채 움직이지도 못하고
다리가 저려 온다
미안하지만 어찌할 수 없어
쩔쩔매고 있는데

책상 위에서

휴대전화 벨 소리가

요란하게

울리기 시작한다

―「투명 인간」 전문

　우리는 앞에서 시 「망치」를 점검한 바가 있다. 그 시는 집값 상승 상황에서 집주인과 세입자의 엇갈린 현실을 극적으로 묘사하였다. 신미균은 이번 시 「투명 인간」에서도 집주인과 세입자가 구성하는 대조적인 상황을 드라마틱하게 재현한다.

　이 시를 이끄는 인물은 잠재된 시적 화자인 "투명 인간"과 "주인아저씨"이다. "주인아저씨"는 '집주인'을 가리키고, "투명 인간"은 '세입자'를 가리키는 것으로 추정된다. 시인은 어떤 이유에서 세입자를 "투명 인간"으로 규정하는가? 이 물음에 대한 온전한 답을 찾는 일은 이 시의 핵심에 다가서는 일이 될 것이다.

　이 시에서 집주인은 세입자를 반복적이고 점층적으로 압박한다. 집주인은 "문을 두드"리고, "다시 쾅, 쾅, 쾅" 문을 두드리고, "신경질적으로 탕, 탕, 탕" 두드리며, 마침내 세입자에게 전화를 걸어서 "휴대전화 벨 소리가/요란하게/울리기 시작"하도록 만든다. 집주인의 행위에 대응하여 세입자는 "벌떡 일어나/바깥을 살짝 보"고, "없는 체 얼른/수도꼭지를 잠"그고, "전깃불을 올려다"보며, "선 채 움직이지도 못하고" "쩔쩔매고" 만다. 이 시를 읽는 독자들은 자본주의

사회에서 죄인처럼 축소되다가 존재의 소멸을 맞이하는 세
입자의 현실을 깨닫는다. 이 세상에 존재하지만 자신의 존
재를 마음껏 드러낼 수 없는, 이 시대의 수많은 "투명 인간"
들에게 새로운 희망의 날이 도래하기를 기원한다.

    초등학교 다닐 때
    한 살 터울 언니와 내가
    귀한 귤 하나를 얻었다

    언니 한 조각 나 한 조각
    조심조심 먹다 보니
    마지막 딱, 한 조각
    남았다

    순간 둘이 동시에
    손이 닿았다
    서로 먹겠다고
    울고불고 엄청 싸웠다

    뭔가 틀어져
    오랫동안 보지 못한 언니가
    요양병원에 입원했다는 소식을 들었다

    한여름이라 좀 비싼

귤을 사 가지고 갔다

하나를 가지고 반도 못 먹던 언니가
나를 보고 먹으라는 시늉을 한다

참으로 오랜만에
서로 껴안고
한참을 웃다 울었다

—「자매」 전문

신미균은 사람들을 향한 깊은 관심과 애정을 기울인다. 특히 가족 또는 식구를 향한 시인의 마음은 휴머니스트의 경지에 도달한다. 그녀가 이번 시에서 주목하는 인물들은 시적 화자 '나'와 '언니'이다. 앞에서 살핀 시 「몬스터」가 오빠와 여동생의 관계 곧 남매 사이를 다뤘다면, 시 「자매」는 언니와 여동생의 관계 곧 자매 사이에 집중한다.

"한 살 터울 언니와" '나'는 "초등학교 다닐 때", 귤 "한 조각"을 가지고 "서로 먹겠다고/울고불고 엄청 싸웠다". 유년 시절 한 살 터울 '언니'와 '나'의 경쟁심은 귤 "한 조각"을 놓고 다툴 만큼 대단했다. 그 후, 두 사람은 "뭔가 틀어"졌고 "오랫동안 보지 못"했다. 세월이 얼마쯤 흘렀을까. '나'는 "언니가/요양병원에 입원했다는 소식을 들었"고, "좀 비싼/귤을 사 가지고 갔"고, "나를 보고 먹으라는 시늉을" 하는 '언니'와 "서로 껴안고/한참을 웃다 울었다".

　‘언니’와 ‘나’, 두 사람은 “참으로 오랜만에” 만났지만, 어색함이나 서먹함은 없었다. ‘언니’와 ‘나’는 같은 부모에게서 태어나서, 같은 경험을 나눈 혈육이었기 때문이다. 두 사람이 공유한 ‘웃음’과 ‘울음’은 아마도 지독한 애증일 수 있다. 귤 “한 조각”을 놓고 싸우던 수십 년 전의 자매는 수십 년의 시간이 흐른 뒤 서로에게 귤을 권하는 자매가 되었다. 사랑의 감정을 나누는 가족은 바로 이런 사이인 것이다.

3.

　필자는 이 글에서 신미균의 제5시집 『빈티지풍의 달』에 수록된 주요 시편들을 읽고 그녀가 형상화하는 시 세계를 점검하였다. 시인은 ‘감정’에 충실한 사람이다. 그녀는 ‘웃음’에 익숙한 인물이다. 신미균은 ‘인간’과 ‘사물’에 넓고 깊은 관심과 애정을 기울이는 사람이다. 시인의 시편에서 ‘감정’, ‘웃음’, ‘인간’, ‘사물’ 등의 핵심 영역들은 긴밀하게 교차하고 엮이면서 시적 긴장감과 충실도를 고조시킨다.

　신미균은 이번 시집에서 집주인과 세입자에게 적용되는 자본주의 메커니즘을 적확하게 포착한 「망치」나 「투명 인간」과 같은 시들을 소개함으로써 부(富)의 양극화가 심화되는 현대사회의 현실을 독자들이 인식할 수 있도록 돕는다. 또한 그녀는 「빈티지풍의 달」이나 「울퉁불퉁 파노라마」와 같은 시들에서 “빨간딱지”, “붉은 도장” 등의 어휘를 도입함으로써 빚보증의 위험성과 잔혹한 현실을 우리에게 안내한다.

　시인의 다섯 번째 시집에서 우리가 얻을 수 있는 가장 특별한 가치와 의미는 웃음과 무관하지 않다. 그녀는 「울퉁불퉁 파노라마」, 「습관」, 「인스타그램」, 「자매」 등 다수의 시들에서 '웃음', '웃다' 등의 표현을 반복적으로 노출하면서 사회, 현실, 세상을 향한 눈부신 긍정성을 피력한다.

월 스미스(Will Smith)는 웃음에 대해서 다음과 같이 언급하였다. "웃는 것은 모든 문제를 직시하고, 모든 공포를 으스러뜨리며, 모든 아픔을 감추는 최선의 방법이다.(Smiling is the best way to face every problem, to crush every fear and to hide every pain.)" 우리가 웃음에 관한 월 스미스의 언급에 동의할 수 있다면, 신미균에게는 아픔과 공포를 비롯한 삶의 모든 문제를 해결할 수 있는 능력이 충분하다. 독자들은 이제 시인이 다섯 번째 시집에서 제공하는 웃음과 감정의 파노라마를 차근차근 음미해야 할 것이다.